Anna Neise

Voll tiefgründig

shitposting als buch

ISBN Softcover: 978-3-384-01710-9

Druck und Distribution im Auftrag :
tredition GmbH, Heinz-Beusen-Stieg 5, 22926 Ahrensburg, Germany

weißt du noch?

auf der bank der bushaltestelle?

drei minuten bis der bus kommt, hast du gesagt

und meine hand genommen

ich hab gelächelt

und nix gesagt obwohl deine hände eig voll schwitzig waren

eklig

sie meinten, jeder topf findet seinen deckel

aber vielleicht bin ich einfach eine pfanne

und du ein elendiger hundesohn

als du gingst

hast du eine tür offen gelassen

wohnst du in der ubahn ey

und

hast du mal an die stromkosten beim heizen gedacht?

raufasertapete

weißes kallax

skateboard und pueblo

zu vino sag ich nie no

uff

einfach uff

alles manchmal

einfach uff

in manchen momenten

kommt alles aus dir raus

wie bei diesem einen kind aus der dritten klasse

dass ohne vorwarnung gekotzt hat

erinnerst du dich?

manchmal

bedeutet lieben

dieser eine blick, wenn du mich ansiehst

manchmal

bedeutet lieben

deine weiche haut auf meiner

manchmal

bedeutet lieben

diese schlampe jetzt endlich mal zu blockieren

samtweich und duftend

weißer nagellack

und 94F

für nen typen

mit bremsstreifen in der unterhose

in manchen momenten

muss man lange überlegen

was man sagen soll

doch als ich dich sah

wusste ich sofort

ohje

vielleicht waren wir einfach zu verschieden

ich erwartete einfach nur treue

und du hast

den tod deiner oma plötzlich nicht mehr verkraftet

und geheult

kp wieso

und irgendwann wurde mir klar

dass bei deinem unfall

nicht nur dein knie

sondern auch dein kopf

betroffen gewesen sein muss

schade um deine profikarriere

hätte bestimmt geklappt mit dem fußball

haha

du warst mein

baba locken

seiten auf null

lacoste anzug

ich war gerade mal acht

gerade mal acht

und allein zuhause

in meinem zimmer

geil karaoke auf youtube

ohne gehört zu werden

irgendwie vermisse ich diese freiheit

die wir hatten

als wir als kinder über die wiesen gerannt sind

was hält dich davon ab es jetzt zu tun

fragte er

raucherlunge bruder

einfach zur falschen zeit

rede ich mir ein

wie lebkuchen im september im supermarkt

charcuterie und wein auf meinem bett

doch im nächsten moment bist du weg

ich seh dich nicht, ich find dich nicht

was bleibt ist dein geruch

mir wird es klar

was ich nicht wusste

du bist laktoseintolerant und hast den käse nicht vertragen

ich dachte du bleibst für immer

doch bist in meinem leben nicht mehr präsent

wie treibsand und das bermuda dreieck

würden wir mario kart spielen

ich wäre erster und du zweiter

dann würde ich dich vorlassen

dann kann ich dich kurz vor dem ziel

mit nem blauen panzer treffen

nachts wache ich auf

und für einen kurzen moment kriege ich panik

doch dann fällt mir auf

du bist nicht mehr da

nie wieder bundesjugendspiele

Nichts

ist wie

sHE IS brOKen

thrombozystoPENISch

She is BRokEN